Analyse de l'œuvre

Par Florence Casteels

Le tourbillon de la vie

Aurélie Valognes

lePetitLittéraire.fr

Analyse de l'œuvre

Par Florence Casteels

Le tourbillon de la vie

Aurélie Valognes

lePetitLittéraire.fr

Rendez-vous sur lepetitlitteraire.fr et découvrez :

Plus de 1200 analyses
Claires et synthétiques
Téléchargeables en 30 secondes
À imprimer chez soi

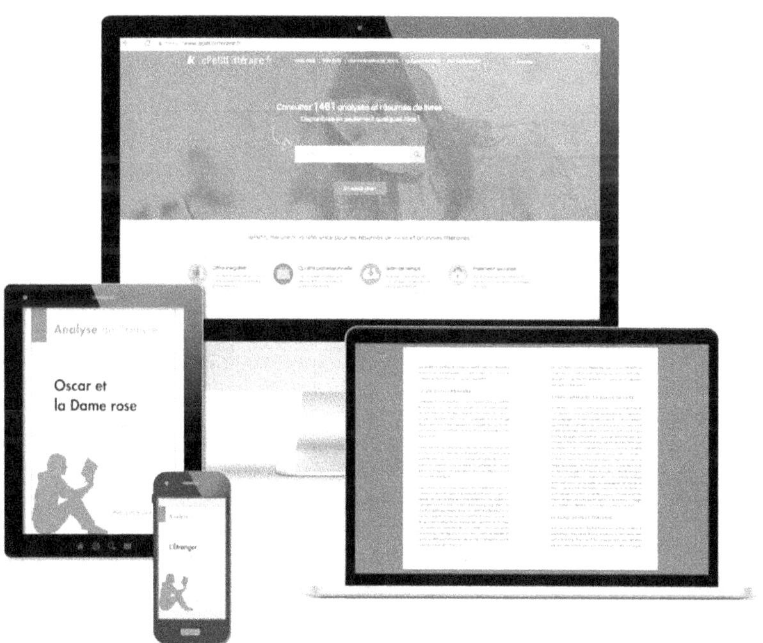

LE TOURBILLON DE LA VIE

UN ROMAN TENDRE SUR L'ACTUALITÉ

- **Genre :** roman
- **Édition de référence :** *Le Tourbillon de la vie*, Paris, Fayard, coll. « Littérature française », 2021.
- **1ʳᵉ édition :** mars 2021
- **Thématiques :** famille, vacances d'été, grand-père et petit-fils, tendresse, maladie d'Alzheimer, souvenirs, oubli, théâtre, apprentissage entre générations.

Découpé en trois actes, comme au théâtre, *Le Tourbillon de la vie* est le récit d'un amour tendre et pur entre un petit-fils et son grand-père. Malgré les 70 années qui séparent les deux personnages, leur complicité est immense et réchauffe le cœur des lecteurs. Le dernier roman d'Aurélie Valognes transporte son public et lui rappelle combien prendre soin de leurs ainés a de l'importance, surtout dans la période sanitaire de la crise de la Covid-19.

Le temps des vacances d'été, Arthur s'occupe de son petit-fils Louis qu'il aime tant. Cependant, il cache un lourd secret qu'il n'ose avouer à personne de peur qu'on lui enlève ses libertés et la possibilité de voir encore Louis. Arthur perd la mémoire. Heureusement, le petit garçon de huit ans constitue le meilleur remède contre la maladie d'Alzheimer. En effet, Louis adore poser des questions sur la vie, en savoir plus sur le passé de son papy, mais aussi bouger tous les jours et se remuer. Mais jusqu'à quand Arthur pourra-t-il suivre la cadence sans subir de moments de faiblesse, sans oublier des mots ou des visages, sans mettre en danger son Louis ? Ce roman touchant parcourt les pensées d'un homme âgé qui lutte contre la maladie et qui, toujours, se sait chanceux d'avoir son petit-fils à ses côtés.

AURÉLIE VALOGNES

ÉCRIVAINE DE BESTSELLERS

- **Née en 1983 à Châtenay-Malabry (Hauts-de-Seine)**
- **Quelques-unes de ses œuvres :**
  - *Mémé dans les orties* (2014 en autoédition, puis édité en 2016), roman
  - *Minute, Papillon !* (2017), roman
  - *Au petit bonheur la chance* (2018), roman

D'origine modeste, Aurélie Valognes nait en France où elle fait ses études puis travaille quelque temps dans le marketing malgré son rêve de toujours de devenir écrivaine. Elle passe sa jeunesse à Massy (Essonne), mais vers l'âge de 30 ans, son mari obtient un job à l'étranger et elle démissionne pour le suivre. Loin de chez elle et sans attaches, Aurélie Valognes peut enfin se consacrer pleinement à elle-même. À Milan, en Italie, elle redécouvre son rêve d'enfant et prend rapidement gout à l'écriture. Dès lors, elle n'abandonne plus jamais sa plume et se voue à ses romans. Elle vit désormais en Bretagne.

En 2014, elle publie son premier roman en autoédition, *Mémé dans les orties*, et rencontre le public. Deux ans plus tard, il est édité au Livre de poche et proclamé bestseller de l'année 2016. Depuis lors, Aurélie Valognes revient chaque année avec un nouveau roman à succès sur divers thèmes de société. En 2021, elle publie *Le Tourbillon de la vie* qui fait écho à la crise sanitaire de la Covid-19 qui ravage le monde. Elle dédie son nouveau livre à toutes les

personnes âgées qui ont été délaissées dans leur maison
de repos ou à leur domicile afin d'être, certes, protégées
du virus, mais éloignées plus que jamais de leur famille et
de leurs proches.

RÉSUMÉ

Le roman se compose de chapitres racontés par un narrateur omniscient et d'autres chapitres écrits en italique romancés par la voix intérieure du grand-père. On apprend bien plus tard que ces sections représentent des lettres que ce personnage destine à Louis auquel il s'adresse directement à la deuxième personne du singulier dans ces textes.

LES VACANCES AVEC PAPY

Cet été, Arthur, le grand-père de Louis, a supplié sa fille de lui laisser le petit pendant les vacances. Arthur et son petit-fils de huit ans s'adorent et veulent passer de bons moments ensemble, bien que Nina, la maman de Louis, ne s'entende pas du tout avec son père depuis longtemps déjà. En effet, Arthur était un acteur de théâtre qui jouait souvent et n'a pas su être présent ni pour sa fille ni pour sa femme à l'époque. Depuis, Nina ne lui adresse quasiment pas la parole, mais accepte de lui laisser Louis un été, car il est son unique grand-parent.

Le problème, c'est qu'Arthur cache un secret à tous : il commence à perdre la mémoire. Il craint de ne plus pouvoir s'occuper de Louis bientôt et s'accroche donc à ces vacances ensemble, car elles sont peut-être les dernières. Louis est une véritable bouffée d'air frais pour son grand-père. Avec lui, la vie avance, le monde s'agite et tout parait réalisable. Cela fait beaucoup de bien à Arthur.

Chaque jour, ils se rendent à la plage, mangent des glaces, se baignent longtemps puis rentrent et reçoivent l'appel de Nina auquel seul Louis répond. Le petit garçon, très curieux, aime poser énormément de questions à son papy, savoir ce qu'il a fait dans sa vie, apprendre des choses grâce à lui, etc. Ainsi, Arthur raconte souvent des souvenirs de son enfance ou de son métier d'acteur.

Dans les lettres qu'il écrit pour Louis, Arthur poursuit le plus souvent ses réflexions et sa nostalgie à d'autres souvenirs joyeux ou plus douloureux. Il n'a en effet pas reçu d'amour étant plus jeune, sa mère ne l'a jamais apprécié et ne s'en cachait pas. Elle préférait de loin son frère, Oscar. Une seule personne a su lui montrer qu'il comptait et qu'il était aimé : son propre grand-père.

Pour Arthur, garder secrète sa maladie n'est pas si compliqué. En tant qu'acteur, il sait mentir et jouer son rôle, même si cela doit être son dernier. Pourtant, le lecteur comprend que la perte de mémoire est une des pires tragédies qui puisse arriver pour un comédien. C'est pour cette raison qu'Arthur a arrêté le métier, ça faisait trop mal de se voir dépérir sur scène et d'imaginer que les autres puissent s'en rendre compte. Alors, il a tout quitté et continue de faire semblant d'aller bien juste pour pouvoir toujours être avec Louis et le voir grandir.

Arthur, avec son expérience de la vie, connait beaucoup de choses qu'il peut apprendre à Louis. Ils s'intéressent ainsi ensemble à l'étude des insectes – des papillons, surtout – ou à la cueillette des champignons et d'autres légumes.

Un jour, c'est l'anniversaire d'Arthur, il a 78 ans, mais déteste les attentions qu'on peut lui porter lors de sa fête. Il donne l'interdiction à Louis d'organiser quelque chose. En réalité, Arthur n'a personne qui vient lui souhaiter son anniversaire à part Louis, et c'est tout ce qui compte. Pourtant, Louis lui offre un dessin qu'il a réalisé : le papillon préféré de son papy, un alexanor.

LA MALADIE S'INCRUSTE

Arthur commence à se tromper de plus en plus sur le gout de glace préféré de Louis. Puis, il se retrouve parfois à chercher quelque chose dans sa maison sans savoir ce dont il avait besoin. Il commence même à ne plus reconnaitre des visages de gens qu'il voit tous les jours, la dame des glaces notamment. Louis aime bien taquiner son grand-père sur sa vieillesse, mais ça ne fait pas toujours rire Arthur.

Par une belle journée d'été, Arthur emmène son petit-fils à la pêche, son endroit préféré. Leur virée dans ce coin paradisiaque est une vraie réussite jusqu'au moment du retour. Sur le chemin, le grand-père est hésitant, il ne reconnait plus les arbres ni les lieux, ils se perdent et Louis n'ose rien dire. Ils font des détours et retournent au point de départ, mais finissent par rentrer, les pas de l'un complétant ceux de l'autre.

Cette fois, Louis n'est pas dupe, il comprend que son papy n'a plus toute sa tête parfois. Il voudrait l'aider à se souvenir, à se rappeler les choses et à en accomplir d'autres, pour qu'ils puissent continuer à se voir. Cependant,

Arthur est têtu et fier, il ne veut pas être aidé, il ne veut rien devoir à personne. Il répète à son petit-fils que tout va bien.

Louis promet à son grand-père qu'il ne dira rien à propos de sa maladie ni à sa mère ni à l'infirmière qui passe une fois par semaine. Ils scellent alors un pacte : ils formeront un duo d'acteurs qui saura improviser avec les mots de l'autre et compléter ses phrases afin de toujours garder la face et donner le change. Personne ne connaitra leur petit secret partagé et ils pourront continuer leurs vacances ensemble.

Afin de roder leur plan, il faut d'abord que Louis devienne un bon comédien. Arthur lui apprend alors tout ce qu'il sait sur le théâtre et sur le métier d'acteur. Désormais, chaque matin est consacré à une leçon pour jouer la comédie et devenir un bon menteur. Cependant, Louis a peu de confiance en lui et est vite frustré parce qu'il n'arrive pas et qu'il se sent nul pour retenir du texte.

Arthur accepte enfin l'aide de quelqu'un. Dans le même temps, le grand-père réalise quotidiennement des activités qu'il pensait ne plus pouvoir faire vu son grand âge et prouve à son petit-fils qu'il est encore capable de beaucoup de choses.

Peu préparé, Louis doit faire face à sa première représentation lorsqu'Arthur perd la tête devant son infirmière. Le petit garçon stresse et sa voix tremble ; l'infirmière comprend qu'Arthur ne va plus si bien, mais ne dit rien parce qu'il se reprend assez vite. Louis se remet difficilement d'avoir vu son grand-père devenir quelqu'un d'autre pendant un moment.

Pourtant, les jours passent et Arthur continue le plus souvent d'être lui-même. Il se rappelle encore précisément le nom des plantes et des animaux, des recettes de cuisine ou des souvenirs. Louis le stimule en lui posant 1001 questions et l'encourage à se mettre à l'écriture. Dès lors, Arthur écrit un carnet de lettres pour Louis, celui qu'on retrouve entre deux chapitres dans le roman.

Une nuit, Arthur n'arrive pas à dormir et emmène Louis à la plage. Sauf qu'il se perd seul et oublie pourquoi il est là, il sait simplement qu'il doit retrouver Louis. Lorsqu'il le rejoint enfin, le petit garçon est en pleurs d'avoir vu son papy devenir fou. Arthur, lui, rage de se transformer ainsi en quelqu'un qu'il n'est pas. Le lendemain, Arthur s'effondre dans le jardin, le dernier rideau de sa carrière tombe.

SURVIVRE AVEC LA MALADIE

Arthur se réveille à l'hôpital après que Louis ait appelé les secours pour le sauver. Il a fait un accident vasculaire cérébral. Cette fois, l'été est bien terminé et l'insouciance aussi. Nina lui en veut de lui avoir caché sa maladie et d'avoir pu mettre en danger son fils. Au fond, pourtant, c'est la première fois qu'elle montre à son père qu'elle s'inquiète pour lui.

Pour Louis, le pire est de voir son grand-père aussi pâle et maigre désormais. Il s'excuse d'avoir dû rompre leur pacte pour le sauver, tandis qu'Arthur s'excuse d'être devenu ainsi. Mais Louis affirme que ces vacances ont été exceptionnelles et qu'il ne les regrettera jamais. Quand il voit comment la gériatre le traite, comme un vieux légume qui est sourd et stupide, le petit garçon enrage. Arthur, lui, a décidé de ne plus prêter attention à ce qu'on pouvait dire de lui, tout ce qui lui importe, c'est son petit-fils et son sourire.

Depuis l'accident, Louis se rend chaque semaine à l'hôpital pour rendre visite à son papy ; Nina, elle, ne monte jamais. Louis détient le meilleur des remèdes selon Amandine, la gentille infirmière qui s'occupe d'Arthur : le soutien et l'amour. Grâce à lui, le grand-père continue à remuer dans ses souvenirs, à tenir une conversation et à donner des cours de théâtre et de poésie à son petit-fils.

Cependant, si Arthur veut sortir de l'hôpital, il faut qu'un adulte de la famille se porte garant pour être à ses côtés à sa sortie et pour prendre soin de lui. Or, Nina n'est pas prête à chambouler sa vie pour quelqu'un qui n'a jamais su être présent dans la sienne. Louis fait alors tout pour la convaincre que ça vaut la peine de prendre soin de son papy, que c'est un homme bien qui a toujours pensé à elle et qu'il mérite d'être aimé même si on ne sait pas combien de temps il lui reste. Il y a trop de bonheur à vivre avec une personne âgée que pour le délaisser sans se bouger. Pour la première fois, Louis réussit parfaitement sa tirade apprise par cœur et gagne la confiance de son public.

Sa mère accepte et Arthur peut enfin rentrer dans sa maison près de la mer. Désormais, régulièrement, Nina, Louis et l'infirmière Amandine lui rendent visite. La petite famille se reconstruit petit à petit et les moments de bonheur partagés sont au rendez-vous malgré parfois la nostalgie. À Noël, Nina offre un chien pour aider Arthur au quotidien, tandis que le grand-père donne son carnet de lettres écrites à la main pour Louis.

Les mois défilent et la maladie prend de plus en plus de place. Les leçons de comédie deviennent de plus en plus courtes, car les textes connus par cœur se font plus rares, les mots soufflés se font plus nombreux, les détails plus vagues. Un an après son accident, Arthur s'éteint paisiblement dans son lit par un matin d'automne en souriant d'avoir connu un tel bonheur avec son petit-fils.

ÉTUDE DES PERSONNAGES

ARTHUR

Âgé de 78 ans, Arthur est un grand-père adorable avec son petit-fils, malgré sa large carrure et sa taille impressionnante. Il a les traits vieillis, les cheveux blancs et fins et s'habille de vêtements usés et d'un autre temps. Marié pendant des années, sa femme l'a quitté en partant avec leur fille Nina, qui n'était alors encore qu'un bébé. Depuis, il ne l'a jamais revue et maintenant elle est décédée ; Arthur est le dernier grand-parent que connait Louis.

Sa séparation avec sa femme a marqué le déchirement avec sa fille. Jusqu'à l'arrivée du petit Louis, il n'a jamais été présent dans la vie de Nina. La tension est ainsi palpable entre ces personnages alors que Louis aime tant l'un comme l'autre et se sent parfois tiraillé entre les deux.

Dans son enfance, Arthur n'a jamais reçu l'amour qu'il méritait. Sa mère ne l'appréciait pas du tout et préférait ouvertement son frère, Oscar. Leur père, quant à lui, était insipide et acceptait tout ce que la maman disait et voulait. Arthur se rappelle de nombreux souvenirs douloureux dans lesquels sa mère ne lui offre pas de cadeaux de Noël ni ne lui souhaite joyeux anniversaire, mais lui donne toujours des regards désapprobateurs.

Sans amour, Arthur a alors choisi la confrontation et le mensonge pour au moins avoir un peu d'attention de la part de sa mère. Cependant, cela a également créé des tensions entre son frère et lui, car Arthur était jaloux d'Oscar qui était aimé. Aux yeux de sa mère, Arthur a toujours été synonyme de déception et, jamais, elle ne l'a encouragé pour quoique ce soit. Elle n'a jamais cru non plus en ses capacités d'acteur et n'a en aucun cas reconnu son succès.

Seul son grand-père avait su lui montrer de l'amour et de l'affection. Grâce à lui, il a appris énormément de choses sur la vie et sur les choses de la terre et de la nature. Dans cette relation, on retrouve beaucoup des caractéristiques du lien qu'Arthur crée avec Louis, à toujours vouloir lui enseigner et lui montrer le monde.

Désormais, toute la famille d'Arthur est décédée et il ne lui reste plus que sa fille, avec qui il est brouillé, et son petit-fils. À force d'avoir repoussé tout le monde et de n'avoir jamais su recevoir d'amour, le papy est devenu quelqu'un de solitaire qui n'a personne d'autre à part Louis. Cependant, Arthur est extrêmement reconnaissant de l'avoir dans sa vie et ne s'inquiète quasiment que du regard que son petit-fils pourra lui porter.

Arthur a en fait eu une carrière très remplie au théâtre et a toujours privilégié son métier à sa famille et à ses relations. C'est pour cette raison que beaucoup l'ont abandonné, comme son ex-femme. En effet, il ne disait jamais non à un rôle et passait le plus clair de son temps en répétition ou sur scène et, quand il n'y était pas, il ne faisait qu'en parler à tout le monde.

Arthur reconnait avoir été égoïste, mais il ne regrette rien. La comédie a été toute sa vie et, sans elle, il ne serait pas devenu celui qu'il est. Certes, il finit ses jours seuls, mais il a toujours pris ses décisions pour lui et pour son propre bien. Il a été célèbre et apprécié du public, il a eu des rôles importants et a réussi au théâtre.

S'il a un seul regret, c'est d'avoir suivi la voie de sa mère et de ne pas avoir su être présent pour sa propre fille. En réalité, à la fin du roman, Nina découvre des tonnes de lettres qu'il lui a écrites tout au long de sa vie, mais que sa maman ne lui donnait jamais, car elle en voulait à son ex-mari. Arthur a toujours aimé sa fille, mais ne savait pas comment le lui exprimer. Aujourd'hui, il aimerait qu'elle lui pardonne et qu'elle lui fasse confiance quand elle lui laisse la garde de Louis.

Cependant, Arthur a lui-même du mal à s'ouvrir aux autres. Il refuse l'aide de quiconque sous prétexte qu'il ne veut rien devoir à personne. C'est pourquoi il cache pendant longtemps la maladie qui lui fait perdre la mémoire. Quand Nina découvre ce secret, c'est pour elle la preuve qu'il ne sait toujours pas lui faire confiance. L'un comme l'autre s'aiment profondément, mais sont rongés par les remords et la déchirure familiale de leur passé.

Face à l'Alzheimer, le grand-père se sent démuni et vulnérable. Il s'agit pour lui de la pire des souffrances en tant qu'acteur, de perdre ses souvenirs, d'oublier son texte ou d'avoir des trous de mémoire. Le vieil homme est orgueilleux et ne veut absolument pas finir ses jours seul dans une maison de repos, oublié de tous et surtout des siens. S'il n'a en réalité pas peur de la mort, Arthur craint surtout le fait que la maladie le prive de lui-même et le transforme en ce qu'il n'est pas, mais aussi lui interdise de voir Louis et Nina.

LOUIS

Petit garçon de huit ans, maigre et aux cheveux ébouriffés, Louis est le petit-fils d'Arthur. Il aime énormément son grand-père avec qui il adore passer du temps. Sa mère est également importante pour lui, bien qu'elle se montre souvent stricte avec lui.

Louis, curieux de nature, a un millier de questions à poser chaque jour à son grand-père. À son âge, toutes les choses de la vie ne sont pas encore connues et Arthur peut lui en apprendre beaucoup. Louis est également assez taquin, bien qu'il ne s'en rende pas toujours compte. Il fait ainsi de nombreuses blagues sur le grand âge de son papy et sur son avancée vers la mort, ce qui ne plait pas toujours à Arthur.

S'il peut sembler être l'opposé total du vieil homme, Louis est pourtant assez mature pour son âge. Il décèle très vite la maladie de son grand-père et comprend que ce secret est le prix à payer pour poursuivre ses vacances avec Arthur. Le petit garçon est en outre d'une grande aide pour empêcher l'Alzheimer d'avancer trop rapidement.

L'enfant voue une grande admiration à son papy et à sa carrière d'acteur. Il rêve d'être un jour comme lui, d'avoir une voix qui en impose en quelques mots et d'être assez confiant pour faire croire aux autres tout ce qu'il veut. Durant ses cours de théâtre avec Arthur, Louis se révèle en effet timide, voire peureux. Il se plaint de ses difficultés à apprendre du texte par cœur et de sa voix tremblotante.

Cependant, Louis va prendre en assurance et aussi en maturité au fur et à mesure. Il devient responsable du secret d'Arthur et commence à porter un masque comme les adultes lorsqu'il fait semblant que son grand-père va bien et n'est pas malade. L'innocence de Louis va être finalement balayée au moment où il voit Arthur à l'hôpital après son AVC.

Avec son grand-père, le petit garçon se montre patient face à la maladie. Pour lui, il est essentiel de prendre soin de ses ainés même si on ne sait pas combien de temps il leur reste. Louis va mettre un point d'honneur à ce qu'Arthur soit toujours respecté et considéré comme il se doit malgré sa santé qui se dégrade. Il est également le personnage qui joue le rôle de médiateur entre son papy et sa mère afin qu'ils se réconcilient. Grâce à lui, Arthur peut partir en paix et heureux.

NINA

Fille unique d'Arthur, Nina est la mère de Louis. Bien qu'elle ne parle que peu à son père depuis qu'il l'a abandonnée, elle reste en contact avec lui uniquement pour faire plaisir à son fils. Avec Louis, elle est sévère et lui refuse beaucoup de choses.

Louis raconte régulièrement des phrases que sa mère a l'habitude de lui répéter. Souvent, il s'agit de très bons conseils sur la vie et les relations humaines, comme le fait de savoir pardonner. Or, Nina n'a justement pas été capable d'enterrer la hache de guerre avec Arthur. Les leçons qu'elle donne à son fils ne semblent donc pas s'appliquer à elle-même.

La seule fois où Arthur est venu au bon moment aux côtés de Nina, c'est à la naissance de Louis. Pour la première fois, elle a été heureuse de l'avoir dans sa vie. Tout ce que le petit garçon apprend et connait sur son grand-père sont des choses que Nina n'aura jamais su ni partagé avec son propre père. Bien qu'elle se montre forte et détachée, cela l'affecte beaucoup et cette douleur ressurgit lorsqu'elle comprend que l'AVC d'Arthur aurait pu lui enlever son père.

Nina s'en serait énormément voulu si elle n'avait jamais eu le temps de pardonner à Arthur ou au moins d'être fixée sur l'amour qu'il lui portait. Lorsqu'elle découvre les albums photos et les lettres qu'il lui a consacrés, la jeune femme fond en larmes et est prête à tourner la page à leur passé difficile. À la fin du roman, Nina s'occupe de son père avec beaucoup d'amour et semble beaucoup plus apaisée dans tous les aspects de sa vie qu'au début.

CLÉS DE LECTURE

UN ROMAN D'ACTUALITÉ

Comme souvent, Aurélie Valognes écrit sur ce qu'elle observe autour d'elle et sur le monde connu dans lequel vivent les lecteurs. *Le Tourbillon de la vie* s'inscrit dans cette optique du roman contemporain. L'auteure se met à la place de toutes ces personnes qui souffrent de voir un de leur proche plus âgé succomber à la maladie.

Aurélie Valognes s'inspire en réalité de l'actualité et représente des scènes du quotidien qui résonneront avec la plupart de ses lecteurs. En effet, après l'épilogue du roman, elle ajoute quelques mots pour signifier qu'elle n'avait d'autre choix que de se mettre à écrire la vie telle quelle est durant la période de la Covid-19. Sorti en 2021, ce livre est publié en plein milieu de la crise sanitaire qui parcourt la planète.

Durant cette période d'insécurité internationale, les personnes âgées, sensiblement plus fragiles et donc susceptibles d'attraper le virus et d'en souffrir gravement, ont souvent été écartées de la société pour leur propre protection. Ainsi, les ainés se sont retrouvés confinés dans leur logement ou dans les maisons de repos, à ne pas pouvoir recevoir de visite de leur famille. Isolés, ils subissent la solitude, manquent à leurs proches et, avec une maladie comme l'Alzheimer, peuvent voir leur santé se dégrader rapidement à force de n'être pas stimulés.

Le Tourbillon de la vie parvient ainsi à raconter le quotidien d'une personne âgée qui vit seule et se bat contre une maladie invisible. Dans cet état, le moindre jour qui passe est un nouveau pas vers la fin de la vie. Lorsque l'État impose le confinement, non seulement c'est difficile pour les familles d'abandonner leurs ainés, mais en plus, ces derniers n'ont pas toujours encore énormément de temps devant eux. Un jour passé en moins à les voir correspond à un jour de perdu d'amour, de rires, de partages entre les générations.

Le roman fait plus qu'écho à l'actualité sanitaire et passe le message qu'il faut continuer à s'occuper de ses parents et grands-parents, car on ne sait jamais combien de temps ils seront encore là. Aurélie Valognes offre un livre plein de tristesse et de nostalgie, mais n'en oublie pas pour autant son véritable gout pour la vie.

L'auteure parvient en effet à changer la mélancolie en une force de vivre. Chaque instant partagé entre Louis et Arthur, puis avec Nina à la fin, est un moment privilégié de pur bonheur. Bien que certains dialogues et certaines lettres écrites par le grand-père soient tristes et lourdes de chagrin, l'amour et la joie finissent toujours par prendre le dessus. Aurélie Valognes réussit ainsi le pari d'écrire sur la dégénérescence de l'homme tout en donnant un roman qui fait du bien au moral.

Le personnage d'Arthur évoque également le roman d'Ernest Hemingway, *Le Vieil Homme et la Mer*, lors de ses parties de pêches avec son petit-fils. Ce classique de la littérature est en effet un récit intemporel qui fait écho au livre d'Aurélie Valognes. Non seulement les deux histoires mettent en scène une personne âgée et un jeune garçon qui pêchent ensemble, mais en plus, elles représentent la lutte d'un homme face à son sort d'être humain destiné à mourir. La condition humaine étant un sujet toujours plus d'actualité, il rappelle également aux lecteurs que ce n'est pas parce que la vie a une fin qu'il faut vivre sans amour, sans chaleur et honneur, même lorsqu'on vieillit.

Le Vieil Homme et la Mer, Ernest Hemingway (1952)

Ce roman américain est le récit le plus célèbre de l'écrivain Ernest Hemingway (1899-1961). Publié en 1952, _Le Vieil Homme et la Mer_ a obtenu le prix Nobel de littérature en 1954, affirmant l'importance de cette œuvre dans l'histoire littéraire.

L'histoire met en scène un vieux pêcheur expérimenté, mais reconnu pour sa malchance dans la vie, et la plus belle prise de toute son existence, un énorme marlin. L'homme âgé, Santiago, est accompagné de Manolin, un jeune garçon au cœur tendre, sur un bateau au large de Cuba. Après 84 jours à ne rien ramener dans leurs filets, Santiago est déterminé à trouver le poisson qui sauvera son honneur. Il part ainsi seul et tombe nez à nez avec le gigantesque marlin. Leur lutte acharnée est impressionnante et dure plusieurs jours au cours desquels Santiago commence à perdre la tête et à délirer. Il sort tout de même vainqueur de ce duel et remercie son adversaire d'avoir été digne et si brave. Cependant, sur le chemin pour le ramener sur la terre ferme, le marlin est mangé et déchiqueté par des requins attirés par le sang. À la fin, seule la tête est encore intacte, mais Santiago a une preuve et son honneur de pêcheur est restauré. *Le Vieil Homme et la Mer* représente ainsi la lutte entre les humains et les forces de la nature, c'est-à-dire contre leur propre condition. Si la mort les attend au bout du chemin, les hommes doivent toutefois vivre dans le respect, l'amour et la dignité.

L'IMPORTANCE DU THÉÂTRE

Le roman d'Aurélie Valognes fait la part belle au théâtre. La carrière d'acteur d'Arthur prend en effet une grande place dans le récit. Son métier a été toute sa vie, au détriment de ses relations personnelles et familiales. Cependant, jamais Arthur ne regrette d'avoir autant aimé la scène. Cette passion lui sert également à apprendre à son petit-fils à mémoriser des textes et à mentir aux adultes pour cacher la maladie de son grand-père.

Le livre lui-même se divise en trois actes, rappelant les divisions des pièces théâtrales. Les personnages sont eux-mêmes des acteurs qui jouent un rôle face aux individus qui ne connaissent pas le secret d'Arthur. Ils portent des masques, apprennent leurs textes, récitent avec aplomb et convainquent les autres que le grand-père a encore toute sa tête. Si cela est difficile pour Louis au début, petit à petit, il devient meilleur et finit par réussir son plus beau discours appris par cœur à sa mère pour la convaincre de s'occuper d'Arthur à sa sortie de l'hôpital.

Le mensonge est presque une chose honorée par le vieil homme et le petit garçon. Il pourrait sembler étrange qu'un adulte affirme le côté positif du mensonge, mais en réalité, il s'agit du seul moyen pour eux de rester ensemble encore un peu. Arthur s'attriste d'ailleurs de savoir que son petit-fils doit mentir à sa mère pour le protéger. Leur tromperie les amène en outre à frôler le danger à plusieurs reprises et empêche Arthur d'être correctement aidé et soutenu face à la maladie.

Le jeu d'acteur est également assimilé au fait de devenir mature. En effet, le grand-père explique que tous les adultes font parfois semblant ou cachent la vérité afin de faire moins mal ou de protéger leurs proches. Selon lui, le mensonge peut être une vraie bénédiction si c'est pour ne pas blesser autrui. Il affirme même que porter ce masque social rend les personnes plus raisonnables.

Pour Arthur, les dernières vacances passées avec son petit-fils constituent sa dernière représentation en tant que comédien. En effet, il joue le rôle de celui pour qui tout va bien alors que sa santé se dégrade. Or, l'Alzheimer lui fait oublier son personnage et son texte, ce qui est embêtant pour un acteur. Le grand-père écrit dans ses lettres destinées à Louis qu'il joue la comédie afin que personne ne remarque la tragédie qui se cache derrière son masque.

Au fond, *Le Tourbillon de la vie* raconte expressément une tragédie parce que toute vie humaine tend vers la mort. Pourtant, Arthur choisit de poursuivre son existence dans l'amour de son petit-fils, entouré de son rire et de sa joie de vivre. L'histoire pourrait être associée à une tragicomédie en ce sens où les évènements heureux en famille se mêlent à d'autres plus dramatiques lorsqu'Arthur a des absences. Certes, l'issue du roman est fatale et triste, mais le vieil homme part dans la douceur et la tendresse entouré de ses proches. Le dénouement est donc joyeux malgré la mort.

Le mélange des genres se retrouve tout au long du livre également à travers la succession de chapitres. En effet, quasiment un chapitre sur deux raconte les vacances d'Arthur et Louis par un narrateur externe omniscient, tandis que les autres se présentent sous une forme proche du journal intime. Le grand-père compose des lettres pour son petit-fils à la première personne et décrit l'avancée de la maladie ainsi que certains souvenirs dont il se souvient.

LA TRANSMISSION INTERGÉNÉRATIONNELLE

Dans *Le Tourbillon de la vie*, l'apprentissage de la vie est au cœur des relations entre les personnages. Arthur explique de nombreuses choses à Louis et il lui donne des leçons qu'il a tirées de ses propres expériences au cours de son existence.

Cependant, l'histoire familiale prend également beaucoup de place dans le roman. À travers des traumatismes d'enfance ou des relations tendues, certains schémas se retrouvent d'une génération à l'autre. Par exemple, Arthur n'a jamais su être aimé par sa mère et a développé un besoin constant de se cacher derrière les masques d'autres personnages et de jouer un rôle pour se sentir vivant et apprécié, d'où son gout pour le théâtre.

Le désintérêt de sa mère depuis son enfance a aussi poussé Arthur à reproduire ce schéma familial. Sans amour de ses parents, il est lui-même devenu un père distant et incapable de montrer ses sentiments à sa famille. C'est pourquoi Nina lui en veut tellement. Au contraire, la seule véritable affection qu'Arthur a reçue provenait de son grand-père, qui lui racontait ses souvenirs et lui apprenait tant le jardinage que les échecs et d'autres choses.

Il est ainsi possible de remarquer qu'Arthur est parvenu à recréer une relation similaire à celle qu'il avait eue avec son grand-père en la transposant à son lien avec Louis. Arthur tente également de se rattraper en étant un bon papy pour son petit-fils puisqu'il n'a pas su être un bon père pour Nina.

Le choc des générations ne s'arrête pas là. Malgré les 70 années qui les séparent, Louis et Arthur se complètent souvent dans bien des domaines. Le premier est jeune et vigoureux, infatigable et toujours à la recherche d'une nouvelle aventure, de choses à essayer pour la première fois. L'autre, au contraire, est vieux et malade, mélancolique et réalisant de nombreuses actions pour la dernière fois. Ces différences, au lieu de les séparer, les rapprochent plus que jamais. Lorsqu'Arthur cherche ses mots ou marche d'un pas hésitant, la petite voix de Louis lui souffle sa réplique et ses petits pas s'emboitent et se montrent plus certains.

Ensemble, Arthur et Louis parviennent à continuer à avancer. Louis est un véritable médicament pour son grand-père qui sait combien il a de la chance de l'avoir à ses côtés. Il lui permet en effet de continuer à remuer dans ses souvenirs, de se rappeler les choses à faire, de stimuler sa mémoire et de se sentir aimé et utile pour quelqu'un. Parfois, Louis semble être le plus âgé des deux. Les rôles s'inversent et le petit garçon est celui qui doit s'occuper de son grand-père dans ses derniers jours. En apprenant à mentir, puis à prendre soin de son papy, Louis devient plus mature et responsable alors que, avec sa maladie, Arthur se dégrade et redevient presque un enfant par moments.

Louis se montre également plus raisonnable que sa mère à la fin du roman. C'est lui qui lui apprend à pardonner à Arthur pour ses erreurs du passé et qui lui prouve que s'occuper d'une personne en fin de vie n'est pas du temps perdu. Il parvient ainsi à panser les blessures de l'enfance de Nina et à rabibocher le père et sa fille. Il semble donc que la thématique de l'apprentissage intergénérationnel ne se contente pas d'aller dans un sens, des plus âgés aux plus jeunes, mais se retrouve aussi dans l'autre sens. Si les ainés ont certes des choses à apprendre aux généra-tions suivantes grâce à leurs expériences, les plus petits peuvent également donner des leçons de vie aux plus vieux grâce à leur pureté et leur innocence.

PISTES DE RÉFLEXION

- Louis devient de plus en plus adulte au fur et à mesure du récit. Si l'AVC de son grand-père marque la fin de son insouciance, quels sont les éléments précédents qui vous font dire que Louis grandit et prend en maturité pendant les vacances ? Citez-en au moins trois et expliquez-les.

- Si Arthur a la hantise d'oublier ses mots et de perdre la tête à cause de sa maladie, il semble également avoir peur d'être oublié par les siens. Quels éléments vous font dire cela ? En prenant en compte son enfance, pourquoi pensez-vous qu'il ait cette crainte ?

- Au cours du roman, le mot « Alzheimer » n'est jamais écrit une seule fois alors même que la maladie prend de l'ampleur dans la vie d'Arthur et sa famille. Selon vous, pourquoi un tel manquement ? Quel lien pouvez-vous faire avec l'apologie du mensonge et du travail d'acteur ?

- Arthur affirme que porter un masque en société et mentir parfois póur protéger autrui est une preuve de maturité et de responsabilité. Alors qu'Aurélie Valognes affirme avoir donné un roman qui fait écho à l'actualité, quel lien faites-vous entre cette affirmation d'Arthur et la crise sanitaire de la Covid-19 ? Pensez-vous qu'Arthur ait raison ? Si oui, pourquoi ?

• Le roman retrace la carrière au théâtre d'Arthur et raconte comment Louis apprend à être un bon acteur. En prenant la définition d'une pièce théâtrale, relevez les différents éléments du récit qui se rapprochent de ce qu'on retrouve généralement sur scène (personnages, décors, actions, etc.). Expliquez en quoi *Le Tourbillon de la vie* pourrait s'assimiler à du théâtre comique et/ou tragique.

• À la lecture de ce roman, avez-vous remarqué d'emblée une similitude avec l'actualité de la crise sanitaire ? Si oui, qu'est-ce qui vous a frappé et mis sur la piste ?

• Lisez *Le Vieil Homme et la Mer* et comparez les deux œuvres. Relevez leurs similitudes et observez combien le roman d'Hemingway est toujours d'actualité à travers le thème sous-jacent de la condition humaine.

POUR ALLER PLUS LOIN

ÉDITION DE RÉFÉRENCE

- VALOGNES A., *Le Tourbillon de la vie*, Paris, Fayard, coll. « Littérature française », 2021.

SOURCES COMPLÉMENTAIRES

- HEMINGWAY E., *Le Vieil Homme et la Mer*, Paris, Gallimard, 1952.

Votre avis nous intéresse !
Laissez un commentaire sur le site de votre librairie en ligne
et partagez vos coups de cœur sur les réseaux sociaux !

lePetitLittéraire.fr

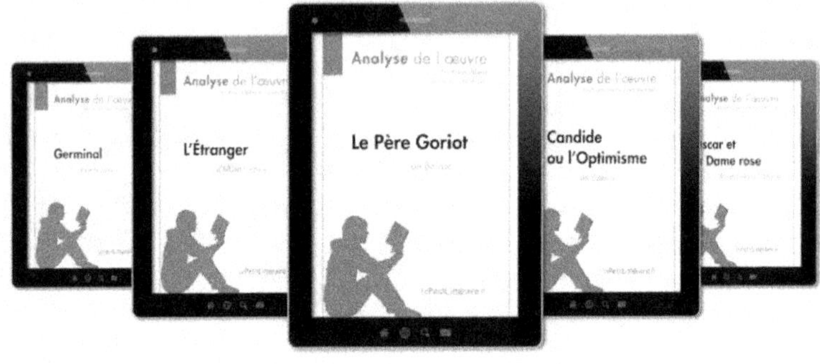

- un résumé complet de l'intrigue ;
- une étude des personnages principaux ;
- une analyse des thématiques principales ;
- une dizaine de pistes de réflexion.

**Retrouvez
notre offre complète sur
lePetitLittéraire.fr**

L'éditeur veille à la fiabilité des informations publiées,
lesquelles ne pourraient toutefois engager sa responsabilité.

© LePetitLittéraire.fr, 2021. Tous droits réservés

www.lepetitlitteraire.fr

ISBN version numérique : 9782808026819
ISBN version papier : 9782808026826
Dépôt légal : D/2021/12603/181

Conception numérique : Primento,
le partenaire numérique des éditeurs.

www.ingramcontent.com/pod-product-compliance
Lightning Source LLC
LaVergne TN
LVHW010845200726

843508LV00012B/2754